Vente des 3 4 et 5 Mars 1864

COLLECTION

DE FEU

M. MICHELIN (de Provins)

OBJETS D'ART

ET DE CURIOSITÉ

Mᶜ Ch. PILLET, Commissaire-Priseur

MM. ROUSSEL et JUSTE, Experts

PARIS. IMPRIMERIE DE PILLET FILS AINÉ

5, RUE DES GRANDS-AUGUSTINS.

CATALOGUE

D'OBJETS D'ART

ET DE CURIOSITÉ

Émaux de Limoges

Dont une très-belle Pendule astronomique d'un travail précieux

Faïences; Porcelaines de Sèvres, de Saxe, de Chine et du Japon;
Terres cuites : Statuettes, Bas-Reliefs; Sculptures en pierre, en marbre et en albâtre
antiques et du moyen âge;
Bois sculptés : Très-beau Groupe en buis; Statuettes, Bas-Reliefs, Panneaux;
Ivoires sculptés : Diptyques, Bas-Reliefs, Statuettes;
Armes; Objets en bronze, antiques, égyptiens, etc.; Cristaux de roche;
Grands Chenets gothiques en fer avec Plaque de foyer; Médailles; Vitraux;
Meubles en bois sculpté, avec marqueterie, etc.;
Tableaux, Dessins, Aquarelles

COMPOSANT LA COLLECTION

De feu M. le docteur MICHELIN (de Provins)

Chevalier de la Légion d'honneur, membre correspondant du ministère
de l'instruction publique pour les travaux historiques

DONT LA VENTE AUX ENCHÈRES PUBLIQUES AURA LIEU

HOTEL DROUOT, SALLE N° 1

Les Jeudi 3, Vendredi 4 et Samedi 5 Mars 1864

A UNE HEURE

Par le ministère de Mᵉ **CHARLES PILLET**, Commissaire-Priseur,
rue de Choiseul, 11,

Assisté de M. **ROUSSEL**, Expert, rue Rochechouart, 48,

Et de M. **E. JUSTE** aîné, Expert, rue Taitbout, 37,

Chez lesquels se distribue le présent Catalogue.

EXPOSITION PUBLIQUE

Le Mercredi 2 Mars 1864, de une heure à cinq heures.

CONDITIONS DE LA VENTE

Elle sera faite au comptant.

Les adjudicataires payeront *cinq pour cent* en sus des enchères, applicables aux frais.

Paris. — Imp. de Pillet fils aîné, rue des Grands-Augustins, 5.

DÉSIGNATION

DES OBJETS

Émaux de Limoges

1 — Très-belle pendule de bureau astronomique. Sur le cadran et sur le pourtour sont représentés des sujets bibliques peints en couleur et rehaussés d'or. La monture, en cuivre doré, est enrichie d'arabesques gravées d'un très-beau style et d'une parfaite exécution. Cette pendule est figurée dans l'ouvrage de M. du Sommerard, intitulé : *les Arts au moyen âge.*

2 — Plaque rectangulaire à peinture coloriée et à paillons, représentant Cérès sur son char traîné par des lions, et tenant des épis de blé. Sur le second plan on voit des moissonneurs. Cette belle peinture, de Léonard Limousin, représente probalement une princesse de la famille de Henri II.

3 — Médaillon ovale à peinture coloriée et à paillons, représentant des femmes au bain, attribué à Susanne de Court. Cadre en bronze doré.

4 — Petit médaillon de forme circulaire à peinture coloriée, représentant le Christ en croix; saint Jean et sainte Marie sont au pied de la croix. Dans le fond on voit la ville de Jérusalem.

5 — Coupe à six lobes, décorée de fleurs en couleur; au fond est une peinture grisaille représentant une sainte martyre. Le revers est décoré d'un paysage et de fleurs émaillées sur paillon.

5 *bis* — Une plaque et une custode en émail byzantin.

6 — Plaque rectangulaire à peinture coloriée, représentant saint Jérôme en prière.

7 — Autre plaque de même forme, peinture coloriée par Laudin, représentant sainte Madeleine.

8 — Autre plaque plus grande et de même forme, peinture coloriée, représentant saint Pierre en prière. Cadre en bois sculpté et doré.

9 — Grande plaque carrée, peinture coloriée : la Résurrection du Christ.

Faïences de diverses fabriques

10 — Jolie statuette : la Nourrice allaitant son enfant. La
figure est d'un très-beau modelé. Faïence de Bernard
Palissy.

11 — Saint Antoine assis et en prière. Faïence de Bernard
Palissy.

11 *bis* — Une corne d'abondance. Même fabrique.

12 — Fontaine avec couvercle et bassin; la peinture représente d'un côté l'Annonciation; de l'autre, la Nati-
vité. Le bassin est décoré de fleurs et de deux mascarons en relief. Faïence de Nevers.

13 — Vase à deux anses, forme bouteille à panse aplatie;
décor en camaïeu bleu. Fabrique de Nevers.

14 — Vase forme potiche à huit pans, décor à sujets chinois
en camaïeu bleu. Fabrique de Nevers.

15 — Petite fontaine ornée de mascarons en relief, décor en
camaïeu bleu.

16 — Deux bras d'applique : Jeunes Pages tenant des lumières. Fabrique de Nevers.

17 — Deux bouteilles forme gourde, décor en camaïeu bleu.
Fabrique de Rouen.

17 *bis* — Une paire de flambeaux en faïence du XVIIᵉ siècle,
d'un très-beau décor, avec marque de fabrique.

18 — Vase porte-bouquets de forme oblongue et à trois gou-
lots; bel émail fond bleu, décor de fleurs et d'oiseaux. Faïence de Nevers.

19 — Vase porte-bouquets; la panse en forme de cœur, anses
à chimères, décor en camaïeu bleu. Faïence de Delft.

20 — Fontaine et son bassin, décorés de fleurs en couleurs
variées. Faïence de Rouen.

21 — Soupière avec couvercle et plateau, de forme contour-
née, décor rouge et vert. Faïence de Strasbourg.

22 — Pot à eau et sa cuvette décorés de fleurs. Même fabrique.

23 — Grand plat ovale dont le fond est divisé en plusieurs
compartiments décorés d'enroulements et de mascarons en relief; l'ombilic, saillant, offre un sujet his-
torique. Décor d'arabesques fantastiques en camaïeu
bleu. Style des plats de faïence d'Urbino.

24 — Seau à deux anses, décor en camaïeu bleu Faïence de
Rouen.

25 — Grand plat rond, décor de style chinois en camaïeu
bleu. Faïence de Nevers,

26 — Autre plat de même genre.

27 — Deux plats creux, fond verdâtre décoré de fleurs. Faïence de Delft.

28 — Petit plat et bouteille de chasse décorés en camaïeu bleu. Faïence allemande.

29 — Ecusson armorié, avec devise en relief.

30 — Deux fûts de colonnes cannelés et un coquetier.

31 — Deux groupes de deux figures : Silène sur son âne. La Vierge et l'Enfant Jésus.

32 — Sucrier à poudre, décoré de sujets. Faïence de Delft.

33 — Sucrier à poudre, décor en camaïeu bleu. Même fabrique.

34 — Quatre porte-bouquets décorés de fleurs. Faïence de Strasbourg.

35 — Vase pot-pourri décoré de guirlandes et de mascarons en relief. Faïence blanche unie.

36 — Grand seau à rafraîchir et deux cuillers. Faïence blanche.

Porcelaine de Sèvres

37 — Sucrier de forme cylindrique, pâte tendre, bleu de roi,
orné de médaillons d'oiseaux et décor d'or.

37 *bis* — Tasse ayant la forme d'un sein de femme, en Porcelaine tendre d'ancien Sèvres, placée sur un trépied
en porcelaine de même qualité. Cet objet provient de
la laiterie de la reine Marie-Antoinette, à Trianon.

38 — Petite tasse et sa soucoupe, décorée de guirlandes et
de bouquets de roses, pâte tendre.

39 — Autre tasse et soucoupe à bord bleu pointillé, et guirlande de roses, pâte tendre.

40 — Petit sucrier avec couvercle et soucoupe, décoré de
roses, pâte tendre.

41 — Grande tasse et sa soucoupe, décor jaspé bleu rouge et
or, pâte tendre.

42 — Tasse et sa soucoupe, fond bleu, décor de fleurs avec
médaillons renfermant les emblèmes de la république
française, pâte tendre.

43 — Tasse et soucoupe fond bleu empois, décor d'or et de
médaillons de fleurs, pâte dure.

44 — Petit buste de Sully, en biscuit de Sèvres.

44 *bis* — Petit pot à eau et bol en porcelaine à la reine, décor de fleurs.

Porcelaine de Chine et du Japon

45 — Grande fontaine en porcelaine de Chine, formée par un très-beau vase décoré de riches arabesques sur fond doré, de personnages et de fleurs d'une grande finesse d'exécution et d'un beau coloris; le bassin, de forme ovale, en porcelaine de même qualité, est décoré au pourtour par des plantes aquatiques au milieu desquelles nagent des poissons. Ces deux belles pièces de porcelaine sont supportées par un pied en bois sculpté orné de cariatides, et rehaussé d'or et de couleurs variées.

46 — Deux boîtes à thé à pans coupés, décorées de fleurs, portant les écussons aux armes de Louis XIV. Porcelaine de Chine.

47 — Beau vase à couvercle, décoré de bouquets et de corbeilles. Porcelaine de Chine de belle qualité ancienne.

48 — Sucrier du Japon, fond bleu à médaillons de fleurs.

49 — Plat à barbe du Japon, riche décor de fleurs.

2

50 — Hanap avec plateau. Il porte un écusson armorié. Porcelaine du Japon.

50 *bis* — Deux grands plats du Japon, à décor rehaussé d'or.

51 — Deux vases en porcelaine de Chine décorés de cartouches de fleurs et de mandarins ; très-belle et ancienne qualité. Ces deux pièces sont richement montées en bronze doré, avec anses mobiles. Époque de Louis XIV.

52 — Grand plat du Japon, à décor de fleurs en camaïeu bleu.

53 — Théière et tasse du Japon. La théière porte une armoirie.

54 —. Deux tasses avec soucoupes du Japon, fond rouge décoré de fleurs.

55 — Oiseau de proie en terre émaillée de Chine. Qualité très-ancienne.

55 *bis* — Grande vasque ou jardinière en porcelaine de Chine, décorée de paysages et de mandarins en camaïeu bleu. Diam. 60 cent. ; haut. 55 cent.

Porcelaines diverses

56 — Confiturier à deux godets fixés sur plateau, et un vase avec plateau, le tout décoré de fleurs. Porcelaine de Saxe.

57 — Tasse et soucoupe fond vert, porcelaine de Saxe, et une
coupe ovale de Chantilly.

58 — Deux tasses avec soucoupes et une salière à trois godets
à couvercle tournant, décor en camaïeu bleu. Porcelaine de Tournay.

59 — Buste et pomme de canne en porcelaine d'Allemagne.

Terres cuites

60 — Deux vases de forme élégante, décorés de sirènes et de
guirlandes de fleurs. Époque Louis XVI.

61 — Buste d'homme barbu.

62 — Deux statuettes : Apollon et Vénus.

63 — Buste de jeune femme, deux têtes d'enfant et de cariatide.

64 — Statuette : Figure allégorique de la Religion, en terre
peinte.

65 — Deux figures en haut relief : Sainte Madeleine en terre
cuite peinte ; le Christ enseveli.

66 — Bas-relief : Enfant dans les nuages, une statuette et un
fragment de statuette.

67 — Grande composition en haut relief : Martyre d'un saint.

Sculpture en pierre

68 — Quatre statuettes portant les instruments de la Passion.
Travail du xve siècle, provenant d'un monument.

69 — La Vierge assise, soutenant le Christ mort sur ses genoux. Travail de la même époque, provenant proba-
blement du même monument.

70 — La Vierge debout, portant l'Enfant Jésus sur son bras
gauche, et tenant un bouquet de fleurs de la main
droite; statuette en partie coloriée. Ouvrage du xv[e]
siècle.

71 — Autre statuette de Vierge debout, en pierre peinte.

72 — Statuette de sainte Catherine, tenant un livre d'une
main et la palme du martyre de l'autre. xvie siècle.

73 — Groupe d'anges chantant. Fragment de monument du
xvie siècle. Deux têtes de saints et une tête de Christ.

74 — Petit groupe en pierre dorée : la Vierge et l'Enfant Jésus, plus un fragment de monument et un autre en
marbre blanc.

Albâtre et Marbre

75 — Sculpture de haut relief en albâtre, représentant le
Couronnement de la Vierge. Cadre de forme ogivale
en bois.

76 — Deux statuettes en albâtre, l'une représentant la Vierge
et l'Enfant Jésus, l'autre une Sainte.

77 — Buste de Mirabeau en albâtre, sur fût de colonne en
bois noir.

78 — Statuette en albâtre : la Vierge portant l'Enfant Jésus.
XVIe siècle.

79 — Groupe de trois figures : Suzanne et les Vieillards, et
une figure d'homme. Albâtre.

80 — Tête de mort en albâtre.

81 — Sept bas-reliefs en albâtre de Lagny, représentant divers sujets de sainteté. Ce lot sera divisé.

82 — Bas-relief en marbre blanc : la Sainte Famille; cadre
en bois sculpté.

83 — Amour couché; très-jolie sculpture dans le style de
François Flamand. Marbre.

84 — Bas-relief en albâtre, représentant la Madone tenant
l'Enfant Jésus sur ses genoux. Beau travail du xvi^e
siècle. Cadre en bois sculpté.

85 — Bas-relief en marbre blanc, représentant l'Enfant Jésus
tenant une croix. Bon travail du temps de Louis XIV.
Cadre en bois.

85 *bis.* — Douze médaillons en albâtre; Empereurs romains.

86 — Autre bas-relief en marbre blanc : la Vierge et l'Enfant
Jésus. Cadre en bois.

87 — Bas-relief en marbre blanc : Letellier, chancelier de
France.

88 — Grand bas-relief rond : Tête de philosophe de l'antiquité.

89 — Quatre bas-reliefs fragmentés en marbre noir, représentant des trophées d'armes d'une grande richesse
de sculpture et d'un fini remarquable. Ouvrage du
xvie siècle, provenant de l'ornementation d'un tom-
beau.

90 — Deux fragments de statue antique en marbre blanc.

Bois scu pté

91 — Magnifique groupe en buis : la Charité, composition
de quatre figures. Pièce remarquable par son volume
et par la beauté de l'exécution. Travail du xvii^e
siècle.

92 — Planche en bois sculpté pour l'impression d'un jeu de
tarots? Ouvrage curieux qui nous paraît antérieur au
règne de Charles VI.

93 — Statuette de saint assis en méditation. Sculpture en bois
de chêne très-ancienne.

94 — Pieta provenant d'un retable, bois sculpté et doré.

95 — Groupe de figures en bois peint, représentant l'ensevelissement du Christ.

96 — Autre groupe en bois peint et doré : le Portement de
croix.

97 — Console formée par un groupe de saints. xve siècle.

98 — Quatre figures de saints et saintes en bois peint.

99 — Trois statuettes : Jésus portant l'agneau pascal, et deux
Figures de saints.

100 — Quatre autres statuettes diverses.

101 — Deux statuettes : Sainte Vierge et Sainte. Bois peint et doré.

102 — Quatre autres statuettes diverses, dont plusieurs sont peintes et dorées.

103 — Quatre bas-reliefs : Sujets de sainteté.

104 — Buste de femme en bas-relief; grand médaillon ovale avec ornements sculptés.

105 — Bas-relief en bois de poirier : Sujet de sainteté. Cadre sculpté. Travail du temps de Louis XIV.

106 — Petit bas-relief en buis : l'Adoration des bergers.

107 — Poivrière en bois de coco avec bas-relief : Adoration des mages. Garniture en argent.

108 — Deux pièces. Râpe à tabac, et médaillons de fleurs offrant les emblèmes du Christ.

108 *bis* — Deux panneaux en sculpture de haut relief, en bois peint et doré, dont un représente saint Nicolas et l'autre sainte Catherine.

109 — Deux panneaux avec bustes de femmes de haut-relief, au milieu d'ornements dans le style de Louis XII, et une Frise de feuilles de chêne.

110 — Grand médaillon rond : Buste de saint Pierre.

111 — Dix-neuf panneaux et fragments divers en bois sculpté.
Seront divisés.

Ivoires sculptés

112 — Grand et beau diptyque offrant quatre sujets en sculpture de haut relief représentant des épisodes de la vie du Christ. Beau travail du xve siècle.

113 — Fragment d'un monument gothique du xve siècle, orné de bas-reliefs, dont un représente l'Annonciation.

114 — Plaque de diptyque consulaire, offrant deux bas-reliefs représentant des sujets qui nous sont inconnus.

115 — Baiser de paix, avec bas-relief représentant le Christ en croix et les saintes Femmes, placé sous un portique trilobé. Du xvie siècle.

116 — Bas-relief : Saint Jérôme tenant le Christ. Travail du xviie siècle. Cadre en ébène.

117 — Sculpture de haut relief, représentant la Charité, avec rinceaux à feuillages d'une grande élégance et d'une belle exécution. xvie siècle.

118 — Enfant couché sur une draperie. Très-beau travail attribué à François Flamand.

119 — Deux Christs dont les bras manquent. Beau travail.

120 — La Vierge debout, sur un croissant, et saint Joseph.

121 — Bénitier orné de bas-reliefs, représentant sainte Madeleine, et des attributs de la Religion sur fond découpé à jour, Travail très-fin du temps de Louis XV.

122 — Quatre râpes à tabac ornées de sujets, dont un représente David tenant la tête de Goliath.

123 — Étui décoré de bas-reliefs offrant des sujets allégoriques.

124 — Étui entièrement couvert d'arabesques. Travail oriental.

125 — Deux étuis, dont l'un forme encrier, l'autre couvert d'ornements découpés à jour. Époque Louis XV.

126 — Deux petits bustes, une boîte, un étui et une coupe guillochée.

Armes

127 — Canon en bronze avec ornements et armoiries en relief.

127 *bis* — Beau poignard oriental (kandgiar), la lame, en damas gris, est avec ornements et mascarons en relief, et la poignée est damasquinée d'or. Le fourreau, en velours rouge, est orné de plaques en or ciselé, d'onyx et de perles fines.

127 *ter* — Hache d'armes indienne en damas, ornée d'arabesques ciselées en relief et damasquinées d'or.

128 — Couteau de chasse, poignée en ivoire, à tête de lion, fourreau en velours rouge. Époque de Louis XIV.

128 *bis* — Hache d'armes indienne du Lahore, en damas ; le manche, doré, contient un stylet.

129 — Couteau et fourchette avec manches en ivoire sculpté : Homme et Femme en costume de l'époque de Louis XIII.

130 — Deux poires à poudre en corne de cerf sculpté, dont une offre un bas-relief : la Fuite en Égypte.

131 — Cinq pommeaux divers et deux gardes d'épée en fer du XVIe siècle.

132 — Trois éperons et deux étriers en fer.

133 — Deux couteaux, dont l'un ciselé, avec poignée de nacre, dans une gaîne en galuchat.

134 — Plaque en cuivre repoussé des grenadiers des premiers temps de la république française, deux porte-épée en acier ciselé, deux gardes d'épée et deux boucles d'acier, plus une plaque de ceinturon de la république.

134 *bis* — Une paire de pistolets de l'Inde ; la batterie est très-finement damasquinée d'or.

135 — Quatre piques, trois hallebardes et un sabre de cavalerie en fer. Ce lot sera divisé.

Objets divers

136 — Ostensoir gothique en cuivre doré, du xve siècle. Il est orné de contreforts à ogives découpées à jour.

136 *bis* — Belle aiguière et son plat, en étain, ornés de bas-reliefs et d'arabesques de Briot.

137 — Bénitier gothique en bronze, du xve siècle ; un Christ byzantin en cuivre doré, et trois reliquaires russes en cuivre.

138 — Fragment de cloche en métal avec bas-relief : la Vierge et l'Enfant Jésus. Moule à hostie en fer gravé en creux.

139 — Serrure de bahut en fer ciselé et découpé à jour. Pièce de maîtrise du xvie siècle.

140 — Coffret en fer gravé, et un autre en cuir cerclé de fer. XVIᵉ siècle.

141 — Deux cadenas en fer, une plaque et un moraillon de serrure.

142 — Cinquante et une clefs en fer et en bronze de diverses époques. Ce lot pourra être divisé.

143 — Dix pièces cuillers et pinces en cuivre, et un petit cadran solaire.

144 — Bas-relief en cuivre repoussé : l'Ascension ; cadre en bois sculpté, et trois autres bas-reliefs en cuivre.

144 *bis* — Fontaine en cuivre rouge repoussé, très-beau modèle.

145 — Joli petit mortier en métal, offrant en relief la salamandre de François Iᵉʳ, le chiffre de Henri II et de Catherine de Médicis, une fleur de lis et une tête de chérubin.

146 — Autre mortier en métal, avec têtes de chérubins en relief, et un autre plus grand en fer, décoré de fleurs de lis.

147 — Marmite sur trois pieds, ornée de fleurs de lis et d'une guirlande de vigne en relief.

148 — Lot de haches antiques en bronze et de fers de flèches en fer.

149 — Quatre colliers antiques en bronze.

150 — Quinze pièces antiques en bronze : Bracelets, anneaux et boucles.

151 — Deux figurines antiques en bronze, dont une de Mercure.

152 —. Neuf fibules et cinq épingles en bronze.

153 — Quinze pièces : Figurines égyptiennes et autres, en bronze.

154 — Petite boule piquée de fer et de cuivre, petit candélalabre, tête de cerf en fer, un crochet en cuivre avec figure cariatide, et six autres pièces diverses.

155 — Trois griffons et un lion ailés en bronze.

156 — Lot de garnitures de meubles en bronze de diverses époques.

157 — Lot de divers ornements de meubles à feuilles d'acanthe en bronze doré, du temps de Louis XVI, et deux couleuvres.

158 — Petite coupe gravée, en cristal de roche.

159 — Autre coupe sur pied élevé, en cristal de roche gravé.

160 — Petite coupe, pomme de canne et une pendeloque de lustre en cristal de roche.

161 — Croix en cristal de roche montée, avec bénitier en cuivre repoussé et doré, du temps de Louis XIII.

162 — Pomme de canne en ambre jaune sculpté, et un morceau d'ambre brut.

163 — Grand gobelet en cristal de Bohême gravé, et un flacon en verre couvert en marqueterie de paille.

164 — Six salières en émail de Saxe diversement décorées, et un petit médaillon : Saint François.

165 — Trois plaques d'agate, un prisme en cristal de roche, et trois dés à jouer, dont un en agate ; les deux autres en cristal.

166 — Stèle funéraire égyptienne en pierre calcaire, couverte d'hiéroglyphes et de figures gravées en creux.

167 — Figure égyptienne en pierre calcaire et deux fragments.

168 — Main en granit, provenant d'une statue égyptienne, et un fragment de monument en basalte, couvert d'hiéroglyphes.

169 — Tête de Méduse en terre cuite, trouvée dans les ruines du temple de Minerve, à Tégée, et deux fragments de pavé en mosaïque antique.

170 — Sept vases antiques en terre de diverses fabriques, et un en plomb.

171 — Vingt-trois haches celtiques en basalte, silex et autres matières.

172 — Dix-neuf pièces : Piédestaux, plaques en porphyre oriental, granit, et divers marbres.

173 — Bas-relief d'après Jean Goujon, dépôt calcaire du mont Dore.

174 — Deux chenets gothiques de grande proportion en fer, formés par des hommes barbus portant des écussons armoriés. Ces pièces sont remarquables par leur dimension. Grande plaque de foyer en fer, représensentant en bas-relief la Création d'Ève.

175 — Deux autres chenets dépareillés, ornés de figures, dont une porte un écusson aux armes de France.

176 — Deux autres chenets du même genre.

177 — Tête antique en granit noir, et une autre en marbre blanc.

178 — Boîte en bois noir incrusté d'ivoire, offrant à l'intérieur douze cavités rondes et deux ovales.

179 Petit tric-trac avec échiquier, muni de cornets et de dés à
jouer, en écaille et ivoire.

180 — Aumônière du temps de Louis XIV, en velours de soie
cramoisi brodé en fin, avec armoirie.

181 — Soulier de la reine de Médicis, ainsi que le porte
l'inscription.

182 — Deux figures chinoises assises, en terre peinte.

183 — Deux autres figures chinoises accroupies, en pierre de
lard, sur fûts de colonne en marbre.

184 — Deux autres figures en pierre de lard, dont un pous-
sah.

185 — Deux autres figures debout, en pierre de lard, en partie coloriées.

186 — Deux coupes en terre boccaro rouge, et un fragment
d'éventail en bambou sculpté.

186 *bis* — Plateau à compartiments en émail de Chine.

187 — Trois plats en étain avec armoiries gravées, et une
petite assiette ornée de bas-reliefs. Travail flamand.
Ce lot sera divisé.

188 — Trente médaillons ronds en étain : Bustes d'empereurs romains.

189 — Bas-reliefs en plomb : Adam et Ève chassés du paradis terrestre, et un cliché : la Prise de la Bastille.

190 — Grand médaillon en bronze : Louis XII et Anne de Bretagne.

191 — Autre médaillon : Marie de Médicis.

192 — Deux autres médaillons : Christine et Marie, femme de Henri IV. Cadres en cuivre.

193 — Autre médaillon : Louis XIV. Cadre en bois. 1677.

194 — Grand médaillon : Petrus Jeannin, etc.

195 — Deux médaillons : Abbé et Personnage du temps de Henri II. Cadres dorés en cuivre.

196 — Deux autres médaillons : Leonellus Pius et Louis XIII.

197 — Deux médaillons : l'un en fonte de Berlin, représentant Luther, l'autre en bronze, un Pape.

198 — Deux médaillons en cuivre : Louis-Philippe et sa Famille.

199 — Cinquante-six médaillons en fonte de Berlin, représentant des Personnages de l'antiquité.

200 — Quatre plaques en cuivre repoussé et doré, représentant les Évangélistes.

201 — Plaque en cuivre repoussé : La Descente de croix.

202 — Reliquaire, cinq médaillons avec bustes de saints et un fragment d'inscription, le tout en cuivre.

202 *bis* — Papyrus égyptien. Placé dans un cadre sous verre.

Vitraux.

203 — Grand châssis de croisée à peintures coloriées, représentant, dans le haut, le Christ bénissant; en bas, la Mort de la Vierge.

204 — Quatre autres châssis à sujets de sainteté, de l'époque des vitraux de la Sainte-Chapelle.

205 — Quatre autres châssis du même genre à figures et ornements.

206 — Quatre autres châssis du XVIe siècle à sujets de sainteté.

207 — Deux autres petits châssis à figures du XVe siècle.

208 — Lot de petits vitraux et fragments de diverses époques. Seront divisés.

Meubles.

209 — Écran double garni de deux feuilles en tapisserie du xvie siècle, représentant une châtelaine et son page.

210 — Pupitre de forme hexagone en bois sculpté et découpé à jour.

211 — Fauteuil à pieds tors; les bras se terminent en têtes de lions. Le dossier est orné au revers de deux panneaux en bois sculpté. Garni en tapisserie au point. Époque de Louis XIII.

212 — Autre fauteuil à pieds tors. Le dossier est orné sur les deux faces de panneaux en bois sculpté. Le siége est garni en tapisserie.

213 — Bahut gothique en bois sculpté. Panneaux en ogive et serrure en fer ouvragé. xvie siècle.

214 — Meuble à hauteur d'appui fermant à deux vantaux ornés de bas-reliefs. xvie siècle.

214 *bis* — Magnifique cabinet en laque de Chine, fermant à deux vantaux, décorés de peintures très-fines représentant divers personnages de la mythologie chinoise. L'intérieur représente la façade d'une riche habita-

tion de mandarin, avec l'indication de l'usage de chaque pièce, le tout décoré de fleurs colorées au naturel et d'une grande fraîcheur.

Les deux vantaux renferment dans leur épaisseur des sujets de la vie intime des Chinois.

Ce beau meuble, remarquable par la finesse et la beauté des peintures, est placé sur un pied en forme de console, en laque à dessins d'or.

215 — Grande console en bois sculpté de l'époque de Louis XVI. Ses pieds sont formés par des faisceaux d'armes, et la frise est ornée de la tête d'Apollon.

216 — Grand meuble formant cabinet garni de tiroirs dans le haut; le bas se ferme à deux vantaux. Marqueterie de bois à fleurs d'une grande richesse avec parties en ivoire et rehaussées de marqueterie en étain. Époque de Louis XIII.

217 — Deux colonnes cannelées en bois avec chapiteaux sculptés et piédestaux.

218 — Armoire d'encoignure en laque rouge à dessins d'or, tablette en marbre blanc.

219 — Petit paravant de quatre feuilles en bois d'acajou, décoré sur les deux faces de peintures avec figures, arabesques et guirlandes de fleurs du plus beau style. Époque de Louis XVI.

220 — Tableau en marqueterie de bois de couleur représentant un squelette en méditation.

221 — Bibliothèque en bois sculpté, à deux corps, fermant à deux vantaux vitrés dans la partie supérieure, et à portes pleines dans la partie inférieure.

222 — Grande armoire à deux portes pleines, bois sculpté, époque de Louis XV.

223 — Étagère en bois sculpté.

224 — Buffet à portes pleines avec tiroirs au-dessus, bois sculpté.

225 — Deux gaînes en bois de chêne avec moulures.

226 — Divan en bois sculpté garni de velours en laine vert, et divers autres meubles et étagères. Seront vendus séparément.

226 *bis* — Grande lanterne d'antichambre.

227 — Lustre de Thomire, à vingt-quatre lumières, style Louis XIV, en bronze doré.

227 *bis* — Pendule en bois de rose et bronze, avec support.

22 7*ter* — Guéridon en porcelaine de Chine, monté en bronze.

TABLEAUX

228 — Clouet. — Portrait de femme du temps de Henri II.
Cadre en ébène à moulures guillochées et ornements
gravés.

229 — Mignard. — La duchesse de Porstmouth. Cadre en
bois noir avec ornements sculptés et dorés.

230 — Chardin. — L'Alchimiste. Cadre en bois sculpté et
doré. Accompagné de sa gravure, par Lépicié. 1744.

231 — André del Sarte (d'après). — La Charité.

232 — Quintino Messis (attribué à). — Saint Jérôme.

233 — Quintino Messis (attribué à). — Même sujet, plus petit.

234 — Carrache (d'après). — Saint François.

235 — Peinture russe rehaussée de dorure. Sainte Vierge.
Cuivre.

236 — Deux peintures sur bois, fond doré. Sainte Vierge et
otre Seigneur Jésus-Christ.

237 — Titien (d'après). — Sainte Famille.

238 — École flamande. — Fumeurs.

239 — École flamande. — Sujet de même genre.

240 — Bourguignon (attribué à). — Combat de nuit.

241 — École française.— Adam et Eve. Cadre sculpté et doré.

242 — Robert. — Ruines.

243 — École française. — Madame de Montespan.

244 — Franck (genre de). — Adoration des Mages. Cuivre.

245 — Franck (genre de). — Jésus avant l'ensevelissement.
Cuivre.

246 — Mignard (genre de). — Louis XIV et la Religion.
Cadre ovale sculpté et doré.

247 — École flamande. — Triptique. — Peintures sur bois.
Le panneau du milieu représente la fuite en Égypte ;
sur les deux volets de côté, les donataires à genoux
avec leurs saints patrons ; à l'extérieur, deux peintures en grisaille représentant l'Annonciation.

248 — Deux saints sur cuivre. Cadres en bois sculpté.

249 — Boucher (genre de). — Amphitrite.

250 — École italienne. — Adoration des Mages. **Panneau.**

251 — École française. — Le Contrat.

252 — École italienne. — Saint François. Cadre en bois
sculpté et doré.

253 — École italienne. — Assomption de la Vierge.

254 — Panini.— Deux intérieurs de temple. Belles esquisses.

255 — Peinture sur albâtre oriental. — Saint Jérôme. Style
du Dominicain. Avec la gravure.

256 — École hollandaise. — Liseur.

257 — École flamande. — Cinq petits tableaux sur cuivre.
Sainte Famille.

258 — École italienne. — Jésus dans la barque. Sur lapis-
lazuli.

259 — École italienne. — Femme en costume du XVIᵉ siècle.
Sur marbre blanc.

260 — Peinture à la gouache. — Deux Ermites.

261 — Sainte Famille. Sur albâtre orientale.

262 — Putiphar et Joseph.

263 — Sainte Famille.

264 — Miniature sur cuivre. — Portrait de Blaise Pascal.

265 — Miniature. — Buffon.

266 — Miniature. — Le Tasse.

267 — Miniature. — Calvin.

268 — Miniature. — Th. Debeze.

269 — École française. — Deux Portraits de Louis XIV.

270 — École française. — Madame de Maintenon.

271 — École française. — Portrait d'homme.

272 — Miniature. — Portrait d'Alph. Leroy, médecin.

273 — Miniature. — Racine.

274 — Miniature, — Portrait de Pierre Broussel. Avec la gravure.

275 — Miniature. — Portrait d'homme du temps de Louis XIV.

276 — Miniature — Portrait de femme du temps de Henri III.

277 — Miniature. — Portrait d'homme du temps de Henri III.

278 — Miniature. — Portrait de femme du temps de Henri III.

279 — Miniature. — Portrait d'homme du temps de Henri III.

280 — Miniature. — Portrait d'homme en costume Louis XIII.

281 — Miniature. — Portrait de vieille femme du temps de Louis XIV.

282 — Miniature. — Médaillon renfermant deux portraits époque de Henri III.

283 — Tableau ovale. — Portrait d'un abbé.

284 — Petit médaillon. — Portrait de saint.

285 — Tableau. — Portrait de Philippe, duc de Bourgogne.

286 — Tableau. — Chasse.

287 — Deux tableaux, genre de Bourguignon, — Batailles,

288 — Portrait d'homme, daté 1643.

289 — Tableau. — Bataille.

290 — Petit portrait d'homme.

291 — Portrait de Marot de Laaste. Cadre en bois.

292 — Don Quichotte combattant un lion dans une cage.

293 — Fragment d'un tableau flamand. — Adoration des mages.

294 — Paysage au clair de lune.

Dessins, Aquarelles, Pastels

295 — Ph. de Champagne? (attribué à). — Combat. Aquarelle.

296 — Portraits de l'abbé de Saint-Cyran et de la mère Angélique d'Arnaud. Attribués au même.

297 — Grand dessin à la sépia.

298 — Xavier Leprince (attribué à). — Trois dessins rehaussés de blanc. — La Peste de Barcelone.

299 — Michel-Ange (attribué à). — Dix-neuf petits dessins. —
Figures de saints.

300 — Isabey. — Portrait au crayon noir.

301 — Fragonard. — Deux dessins. — Amours.

302 — Dessin au crayon, rehaussé de blanc. — Figure allégorique, couchée.

303 — Deux aquarelles. — Fleuve et Rivière.

304 — Dessin. — Évangéliste.

305 — Pastel. — Portrait d'un chevalier.

306 — Peinture sur verre. — Christ. Cadre en ébène à huit
pans.

307 — Quatre dessins à la plume. — Les Quatre Éléments.

308 — Dessin au crayon noir, rehaussé de couleur. — Made-
moiselle Delaporte. (Procès Ragoulot.)